曹尼詩集

越牆者

目錄

◎尉任之

闇黑世界的阿波羅
——讀曹尼詩集《越牆者》

◎黃智溶（詩人，歪仔歪詩社社長）

雖然，波特萊爾在〈給青年作家的忠告〉一文中，臉不紅、氣不喘地說：

「任何健康的人可以兩天不吃飯，絕不可以兩天不讀詩。」

對照現世，應該反過來講了。如今美食達人當道，每天有上萬個美食專家，一上館子就立馬拍照、PO 文、打卡、上FB，每天有上百個美食節目，走訪大街小巷，儼然古代深宮皇帝微服出巡，遇見門擺水族箱，手拿鍋鏟，必說活跳海鮮，看見門貼祖傳的老店，必定讚嘆美味獨特，既是大驚小怪，也是少見多怪。

弄到最後，全台灣每一家大餐館、小店鋪，包括最好吃的和最難吃的，都被美食專家們地毯式的按「讚」。

相較於介紹美食，寫詩評就不能只拍幾張精美照片，寫個

食材新鮮、物美價廉、火候道地、刀工繁複、烹調得法，就能交差了事。

其實，我也很想仿照美食家的作法，拍一拍曹尼幾張精美沙龍照，題名為：「憂傷的阿波羅」、「光明的阿波羅」就算完成了。

在希臘神話中，阿波羅就是詩神，他是宙斯與暗夜女神勒托所生之子，誕生在一座漂浮的島──阿得羅斯（Adelos）。

這就是一個意象上的矛盾了，詩神阿波羅既是光明之神，血液裡卻又流著母系的黑暗因子，而恰恰就是這兩種矛盾產生了詩。

舉曹尼的詩為例：詩題〈那年〉第 1、2 小題的光明、悠閒。

1. 石子路

　　…／想脫下鞋來／踢一踢／傾斜的陽光／叫他早點下班／打赤腳踩著／扁平的石子／隨手撿起兩三枚／丟向未知的前途／…

2. 屋頂上

　　…／天空是塊大黑板／我想塗鴉／隨手幾筆流雲／風一個板擦／就迅速抹平／沒多久便下起／棉花糖細雨／我張嘴舔舔／…

但是，到第 3 小題，就轉入了幽闇：

3. 戲院

　　…／在這密閉艙間／彷彿外面搖晃著海／任何一絲聲響／都可能擦出電來／…

　　轉入幽闇之後，接著就是眼淚的出現：

　　…／透過身後光源／眼前有了綠意／有時因劇情需要／我讓眼淚出來透透氣／更多時候／笑聲悄悄爬過／生鏽的臉龐／那是個五味雜陳／睡不著的時代／…

　　或者是次序相反，先有眼淚，再出現闇黑密室：

〈哭給你聽〉

　　開始從喉嚨拔出栓塞／隱隱傾瀉／饕餮爪印爬過臉龐／烙印幾條皺紋／純真而動人
　　你是如何成為一把鑰匙／在一扇沒有孔的門前／有聽到閉鎖的聲音／影子被踩痛的聲音／一宗密室殺人

　　似乎，作者特別喜歡創造奇特的象徵符號如：生鏽的臉龐、饕餮爪印爬過臉龐、歇斯底里的面具……，來形容淚流滿面，這些畫面，多麼像一幅濃重的化不開的油畫。
　　還有一些關於眼淚、哭泣的句子……

〈前戀人絮語〉

　　1.

　　一早暴雨／世界太懦弱／只對著我哭

〈恢復單身日記〉

　　6.

　　我哭的樣子／必然是笑不出的樣子／請給我歇斯底里
的面具

〈大演說家〉

　　…／他們任傘枯萎／冒雨淚流／坐著站著／甚至在下
個街口／突然醒來／…

〈累格達人〉

　　如果在心的暗房／沖洗著模糊回憶／時間蛀蝕一格格
底片／視界卻已數位起來／

　　…／一則虛實難辨的生活／傳自遠端視訊／哭聲快過
傷口／儘管斷斷續續／…

〈廢柴達人〉

　　讓傷口長出青苔／平躺覆蓋白雪／春暖花開／化身好
堆肥

〈掘墳者〉

　　月光的碎片就這麼插進側臉，他舉起頭蓋骨擦出的燐火。腐朽的左手，眼淚成螢，一閃一閃，未乾的血書字跡

　　一股卸下鈍鏽的軀幹，試著把手臂交叉逆十字，他將自己的頭蓋骨放正，收下顎，沈眠的絕佳狀態，擺放在旁的皮囊，連一滴淚也無法撐出。

〈鳥籠〉

　　她提醒我準時餵養，以那不怎麼熟悉的腔調，籠內的震動似乎在反抗什麼。

〈冥王的眼淚〉──為非核家園而作

　　2.
　　你為她輕狂，盜挖兄弟阿波羅──／光源的雙眼
　　5.
　　她告訴你：思念正負傷／夜夜夢回街頭／／你只好造個母親，敞開水泥胸脯／擠出石榴子，餵養鄉愁／詛咒的血晶珠／禁錮她流連兩地

〈宴會善男子〉

4. 童女的眼睛

「小甜心／稚嫩臉龐／妳有權假哭／一滴圓淚／換一
顆方糖」

因此；密室－眼淚－哭聲－傷口－血液，形成一個完整的
闇黑系統。而阿波羅的光明、悠閒、甜美，則另成一個相應系
統：陽光、晚霞、渡假小島、椰風櫚浪……

〈聽聶魯達朗誦〉

每當從海角歸來／接到一封封浪花／一點點蔓荊、海
馬齒／我們疲憊的身體裡／還點著小小漁火／有倒影

〈聽沃克特朗誦〉

加勒比海的晚霞／在天空的脖子留下／一抹口紅／所
有熱帶的鳥族／因而季節性遷移

在度假飯店泳池畔／妳獨對鋅白的鏡面／一躍翻身入
水／都是一波海嘯／蕩漾在太平洋遠端／小小島嶼／或許
那裡也押著／棕櫚的韻腳／幾行豐沛的雨水／興風作浪…

008

〈車次 **2759**〉

　　我棲身隱隱四方／眼前每一片窗／都是獨立的風景／
想起安哲電影中／鏡頭緩緩拉長／偶爾有晨光／悄悄從中
溜進／環繞我的脖子／輕輕柔柔／一條亞麻黃的圍巾

〈小女孩子氣〉

　　開始的早晨／誰叫太陽起床／誰就幫星星蓋被子／對
望著彼此／皺皺眉／也是一種撒嬌方式／打打哈欠／再賴
一次床

　　細讀曹尼的詩集，常常感覺到光明與闇黑，這兩種力量在
激盪、拉扯。現實沉重的力量與天性中高邁的神性，相互拉
扯，就這樣不時地「流連兩地」。而恰好是這兩種矛盾的力
量，讓曹尼的詩集產生了張力。

　　藝術，不僅是一種技術上精密的微調。例如：書法上的黑
與白、輕與重、快與慢，繪畫上的虛與實、疏與密、繁與簡。
其實，它更是思想上現實與想像，兩種藥材劑量的調和，沒有
現實生活，藝術就沒有生存的土壤；缺乏想像，則現實無法提
升到藝術的境界。

　　王國維在《人間詞話》中拈出了境界說——「詞以境界為
上。有境界則自成高格。」他更強調「境非獨謂景物也。喜怒
哀樂，亦人心中之一境界。」

閱讀曹尼的詩集，常常讓我們在歡樂與憂傷、哭與笑、光明與闇黑之間來回擺盪，品味著喜怒哀樂，真摯的情感。就像每一道廚師們用心調製的美味佳餚，在我們的舌尖上，散發著甜酸苦辣，濃郁的香味。

生命的節律

◎張寶云（東華大學華文系所助理教授）

徐復觀曾提及「性情之詩」，用以檢證詩的主體性：

> ……沒有個性的作品，一般地說，便不能算是文學地
> 作品。尤其是文學中的詩歌，更以個性的表現為其生命；
> 這在中國過去，稱之為「志」，稱之為「性情」。詩人所
> 歌詠的，當然有其外在的對象，客觀的對象。但不僅把自
> 己對於客觀對象的認識加以敘述，不會成為詩歌的作品；
> 即使把主觀對於客觀對象的感想、願望，通過詩的形式表
> 達出來，只要主觀與客觀之間，存著有空間上的距離的感
> 覺，其距離那怕像「執柯以伐柯」那樣近，依然不能成為
> 一首好詩。真正好的詩，它所涉及的客觀對象，必定是先
> 攝取在詩人的靈魂之中，經過詩人感情的鎔鑄、醞釀，而
> 構成他靈魂的一部分，然後再挾帶著詩人的血肉（在過
> 去，稱之為「氣」）以表達出來，於是詩的字句，都是詩
> 人的生命；字句的節律，也是生命的節律。這才是真正的
> 詩；亦即是所謂性情之詩，亦即所謂有個性之詩。[1]

---

[1] 徐復觀，〈傳統文學思想中詩的個性與社會性問題〉，引自《中國文
學論集》頁 84~85，台灣學生書局，2001 年 12 月五版三刷。

曹尼的《越牆者》詩集即將付梓，我想起世紀之交「明日報個人新聞台」網路風起雲湧的年代，當時出現在各個站台上的名號，有些早已出版多本書冊成為文壇偶像明星，有一些轉職他就，又在現今的 FACEBOOK 裡合縱連橫，小集團小圈圈一再被裂解又復重合，近二十年來分散在電腦螢幕背後彼此若即若離。像曹尼這樣堅守在漫長的詩之道路上，直到現在才出版第一本詩集的詩人，說不定是絕無僅有的。詩人在等待什麼？會不會是在醞釀熟成的詩之意念？或是正在深沉地調息足以呼應自身的、生命的節律？

曹尼曾在二〇〇六年得到全國優秀青年詩人獎，二〇〇七年獲得《聯合報》新詩類的評審獎，亦曾擔任過《歪仔歪詩刊》的主編。這些文壇上的認證資歷似乎早已齊全，加上公立高中老師的教職身份，社會裡形上形下的格局業已成勢，然而他仍在二〇〇九年來到東華大學創作所接受學院體制的鍛鍊。在詩歌教養的旅程裡，曹尼的人和詩保有一份素樸卻又精進的質地，與他生長的土地、熱愛的文藝和教育工作之間，交互涉及，使讀者在篇幅有限的詩冊中，得已訪查不同面向的生命關懷點及各時期的語言風格試驗。

翻閱詩集裡的作品，第一、二輯接近抒情聲腔，有童年經驗、亦有私我情感的流露。第三輯曹尼開發對時下流行話語的趣味性，並呈現話語背後的文化與社會觀察。第四輯帶有詩語言形式的實驗性質，測試當形式變化時，語言調度的彈性與效

能。第五輯則以長詩體式，表達對自身對所處時代的公民省
思。

　　我曾建議曹尼多寫抒情之作，因為在一、二輯中溫和的敘
事腔調，總不過份張揚地訴說他內在的想望，暗藏在細節裡的
是他想像的意念、投射的情感，讀來內斂節制而又不失情味。

　　　「某某某，
　　　家人正在外頭找你」
　　　期待到劇終人散
　　　仍未曾出現
　　　我那年的姓名[2]

　　便彷彿是一則按語，標記著遺落的童年。
　　又或者他說道：

　　　我想趕在進入隧道前
　　　給你發封簡訊
　　　問你這裡
　　　離平原有多遠？
　　　深怕一刻黑暗

---

[2] 〈那年〉，頁 36。

我便有了時差 [3]

　　詩人的關懷細緻體貼，但又像是若無其事地淡遠。
　　較為近期的作品如〈雨鄉人〉、〈籤〉則將抒情體式的聲
腔精進調轉成更為成熟凝練的風格。

　　總有修了許久的傘
　　迎接隔天迷失的新露
　　…想起了草鞋
　　還有什麼比這更合適泥濘 [4]

　　如此沉靜的音質，方才表現出一個詩人優容的氣味；或是

　　你適合獨自
　　走過五月
　　像一句入梅的籤

　　縱容我的誤釋
　　一字一字

3　〈車次 2759〉，頁 48。
4　〈雨鄉人〉，頁 20。

傾盆大雨[5]

　　詩裡的情意曲折蜿蜒，那些暗藏著不得輕易出口的想念，
才在讀完之後，湧現底層澎湃蓄積的力量。
　　還有一些可愛自由的妙想點綴其間：

　　對一個30歲的男人來說
　　不過是三個10歲的男孩加在一起
　　相互嬉戲[6]

　　這份對語言的想像與網路世代的觀察兩相結合，在第三輯
「著猴的人們」有了較為充份的發揮。從標題瀏覽，即可發現
多是網路世代的「黑話」組就而成，〈輕熟男〉有可能被誤認
為「禽獸男」，〈小女孩子氣〉則演化成「天使 cosplay」，
〈廢柴達人〉唯有「化身好堆肥」，方能對世界貢獻最終的效
力。在類比與嘲諷之中隱藏對現象的批判性格。
　　輯四「越牆者」與前三輯相較，則是詩人卸除原先較為口
語寫實的框架，朝向將詩語言散文化的一批實驗之作。然而表
象上的散文詩，卻以超現實的荒誕做為基質，因而比原先純粹

---

[5]　〈籤〉，頁 22。
[6]　〈恢復單身日記〉，頁 82。

的分行形式，在思維序列上反而更為跳躍、陌生化。例如〈掘墳者〉中說道：

就這樣一個人，羅列的

這是病死的墓。
這是嗜殺的墓。
這是瘋癲
這是⋯

而這是，虛位的墓，適合他裸身看彩虹傾斜，流質的
夜空。他竟裹足不前，用迴紋針別起那枚福馬林味的
心臟，企圖等待黎明，等待浮腫的夜瞳。[7]

　　少了對應現實世界的牽絆，想像便大幅度地擴拓領地，以更為自由的分行和散化形式疊加，試圖伸縮詩句的身體，頗有與商禽《夢或者黎明》交相對話的效果存在。

她提醒我準時餵養，以那不怎麼熟悉的腔調，籠內的
震動似乎在反抗什麼。

---

[7] 〈掘墳者〉，頁 128。

我慣性地餵起剩餘的半拍，籠子內外倏地靜了下來，

一個完整的囀音，向外拋遠。而門，總是要開啟的。[8]

　　這類作品的主題有可能因為這些煙霧似的語言籠罩，而使
讀者不明就裡。然而就想像的層次來看，這些實驗之作，無疑
在原先較為貼合現實的寫實風格之外，另闢蹊徑。

　　第五輯中有得獎作品〈同名歸途——載蔣渭水返鄉〉，有
環境議題〈冥王的眼淚——為非核家園而作〉，亦有末世感意
味濃重的〈在天堂遇見五條鬼〉。展現一個詩人同時做為世界
公民的終極關懷。

　　曹尼的詩語言大多具有明朗的象徵連結以及較為口語的敘
事技巧，使詩不致於拒讀者於千里之外，而顯得可親可感。這
樣的詩觀有其優勢，自然也有其侷限。所幸在第四輯中看到曹
尼放手一搏的策略構想，對一個嚴肅的創作者而言，要突破自
身的語言慣性何其困難？再進一步突破當代的語言慣性／思維
慣性，更是難以企及的語言成就。然而做為一個創作者不應該
輕易放棄這份對藝術的堅持。

　　仔細回想當初在網路世界裡彼此對望的名字，竟能在學院
裡輾轉相遇，實是意料之外的發展。在花蓮後山和這批青年詩
人相遇之前，他們早已各自鍛字練句、深切苦吟了好一段時

8　〈鳥籠〉，頁 122。

日。我應該並不是這些有才華的創作者們的老師，而只是在此地等待他們，與他們對話，在某個機緣巧合的時區裡，希望以詩學共構的背景，幫助他們重新省視自己創作的生命。他們仍將在詩之長河拓殖，往遠方離去，帶著自己生命的節律。

輯一
雨鄉人

雨鄉人

1.

每天都要備口窗
讓一抹霧能擦拭臉龐
試圖清洗淤積的思念
據說這裡開過一條河
氣若游絲

總有修了許久的傘
迎接隔天迷失的新露
有時雲裡面有涵洞
有時躍出鯉魚

想起了草鞋
還有什麼比這更合適泥濘

2.

你說來遲了
要我先鑿開野潭
周圍有蘆葦蔓生
深不見底
偶有夜鷺潝過

我會試著抓住
數塊打滑的青石
丟出每次水漂
都是一枚冬眠的蛇鱗

你說來早了
春天來不及結痂
開始有些潮濕味
關在我身體

籤

你適合獨自
走過五月
像一句入梅的籤

縱容我的誤釋
一字一字
傾盆大雨

浴室

過於喧囂

什麼都使人分心

蓮蓬如一隻負傷的麒麟

輕輕舔過陰冷背脊

即將告別身體

隱身沉默的霧

雪影透支

煙斗還噘著嘴巴
夜瘦得只剩下一眼
三兩許花生
一點點白干香

蠟梅分娩的子夜
據說有人走過井邊
拖著一袋行囊
在裸白的臍帶上
不堪透支

冬日訣

今晨有那麼一刻
你聲音只剩九度
臉是冰禁不住撫觸生熱
融化兩道寒流
成為記憶中的一場雨

聽聶魯達朗誦

每當從海角歸來
接到一封封浪花
一點點蔓荊、海馬齒
我們疲憊的身體裡
還點著小小漁火
有倒影

塗改彼此的旅程
確實有了不回島的理由
我假裝寫下二十首情詩
妳假裝想像
在風向未定之前
悄悄攤開海圖
每隻鯨豚都是浮動的座標
讓迷航的音節引領
在換日線上
定位我的今日妳的昨日
瞭望我的昨日妳的今日

而有那麼一條洋流
帶來世界中心的意象
暖暖流過我們胸前

聽沃克特朗誦

加勒比海的晚霞
在天空的脖子留下
一抹口紅
所有熱帶的鳥族
因而季節性遷移

在度假飯店泳池畔
妳獨對鋅白的鏡面
一躍翻身入水
都是一波海嘯
蕩漾在太平洋遠端
小小島嶼
或許那裡也押著
棕櫚的韻腳
幾行豐沛的雨水
興風作浪
如今我開始有了想像

掀起被單為帆

滿月的磁盤

虛構起一條航線

只有等在邊緣

才是浪遊者的天堂

候鳥

即將啟程了嗎？目光輕盈的你
唧出幾條航線，中途幾個轉運站
鋒面連作，你是書寫的羽翼
張起跨海的虹橋

那個不那麼詩的男孩，屬於季風
在東北角，兩溪會合出海口
捕撈雲塊崩碎──洄游的雨苗
何來這群饑餓信息，盤旋灰夜
又一綿長無處，冬眠交替

你調轉手錶，心跳有了時差
旅店玻璃藍得土耳其，環繞眼圈
用花織成白圓頂，初夏遙望
隨魯米走回春天

那個端午圍裙的少年，像個詩人
他穿梭煙火，行句蒸騰

邀蟬聲共飲黃酒，猶豫剝粽
一葉朝北，一葉南飛……

跳迴旋舞的人來遲了，你等不及
開始吞嚥海峽，讓陸塊推擠彼此
用紅燈塔與鐵船，建構肉身港口
而貓來回踱步，同你搶食魚屑

那個如常工作的男子，仰望天空
以為孤獨有入口，一進去便是出口
何鳥在午後教室走廊跳躍？
有條舒曼樂曲，緩緩流過

在一雙翅膀之間，過去未來
他鋸開海洋，雙手就有齒浪
地殼有不能抑止的震動——
這是記憶的中心，只有你看見
光以那樣的高度潤澤島嶼

聆聽顏色的人

鳥聲應該是金色，尖拔高空
羽毛是你，爪痕也是你
接近墜落那一刻，地平線
或天堂的窗口，屬於身體
海流紛藍的色層如何分離？
風沙跑進去，深褐逃了出來
你並沒有哭，兩道透明水濂
遲遲不肯為臉頰完美平行

是誰點燃煙斗？咳嗽是緋紅
從屋簷溜下的雨滴，濺濕耳渦
世界的軌道鋪進房間內
轟隆隆，有人上車有人離站
清晨六點半，便想起吳爾芙
昨夜歷經宴會，據說厚實的唇紫
讓你緊緊依偎，覆蓋全身
有些吻與手帕，合而為一
不能觸及的淪為倒影

你負重返鄉，陷進泥路上
青綠縮回種子，期待一雙粗手
鐵鋤頭、蓑衣，預備吞風飲雨
播一把鮮黃，蝗蟲得以嚎啕
牠們嚼出刪節號，你說請
請用格律與換韻說服你
在秋末時分，蜜色流遍溝渠
那棵雀榕，抓緊每次老人閒聊
輕輕用鬍鬚調配季節的彩度

回憶屬於黑色，光的迷路口
總有一個宇宙如此偶然
大爆炸剛好，生命剛好
你捏一朵白蓮投送銀河
漣漪如戒環，套在寂靜的手指
星系傳來回訊，黑與白相互擁抱
流出灰色乳汁，餵養混沌
你不停反覆替時間的細眼著色
哪怕就要闔上火亮的遠處

瓶中獨白

我靜坐在瓶中
沒有人提起那是個
沙漏，遺失時間
空蕩蕩的沙漏

企圖紋一枚右眼於胸前
讓瓶外失焦的左眼尋標的推著
眼淚前進，誰說過眼淚是圓的
承認那是完美的謀殺吧
尤其從透明的浮動內
向外攀視野

我懷疑瓶內曾囚禁的
是怎樣的液態信仰
每一滴都是拒絕冰點，凝
都不能凝望的符號
於此選擇純粹的鼻息，耳語，諾言
加溫溶解，頂住瓶口

仰望著燃點的降臨
眾神的失措

便隨手在瓶內撒下顆種子
不給泥土的擁抱
遺忘水的吻別
只一雙陽光的手及哭鬧要換季的
毛蟲扭擠身軀
生命噓的一聲要我別說
句點終會抽芽成逗點

天空下起了細沙
瓶在出口迎接
倒數計時
而我將選擇離去
時間流盡……

那年

1. 石子路

沿著放學的路
我不停想像
那曾是一條小河
彎彎曲折
如今裸露河床
兩岸冒出稻穗
有鳥飛翔

想脫下鞋來
踢一踢
傾斜的陽光
叫他早點下班
打赤腳踩著
扁平的石子
隨手撿起兩三枚
丟向未知的前途

我不知道回家的路

能有多長？

想放下沉重的書包

流連忘返

卻像一尾鮭魚

在枯竭的河道

逆流而上

2. 屋頂上

剛搬來沒多久
我喜歡與寂寞
玩捉迷藏
每次輪到他做鬼
我就偷偷踩著日子
一階一階
爬上屋頂

斜斜的黑瓦片
年久失修
讓雨滴溜滑梯
青苔安放心情
偶爾有一天
麻雀來家聚

天空是塊大黑板
我想塗鴉
隨手幾筆流雲
風一個板擦
就迅速抹平

沒多久便下起
棉花糖細雨
我張嘴舔舔

我以左手當望遠鏡
放大那座
貌似烏龜的島
他們說
這是引領鄉愁的燈塔
對我來說
那已是世界的盡頭了

3. 戲院

那裡的雨季
太過濕冷
長達好幾個冬眠
人們排隊購票
只為了聚集取暖

沒有劃位
找到藏身之處
便可坐下
彼此肩靠著肩
多少有些導熱
人頭漲滿了暗室
板凳只好盤據走廊
在這密閉艙間
彷彿外面搖晃著海
任何一絲聲響
都可能擦出電來

我喜歡中間靠前
一點點暈眩

同時想像
螢幕後面
會有另一群觀眾
也在上映前
起立唱國歌

透過身後光源
眼前有了綠意
有時因劇情需要
我讓眼淚出來透透氣
更多時候
笑聲悄悄爬過
生鏽的臉龐
那是個五味雜陳
睡不著的時代

而始終興奮——
螢幕兩側會有
手寫潦草的字跡：
「某某某，
家人正在外頭找你」
期待到劇終人散

仍未曾出現
我那年的姓名

4. 竹圍

養風餵綠蔭
佐以切碎的陽光
我閉目養神
錯過魏晉七賢
悄悄來訪

有個蹺課少年
回到十二歲屋角
抓塊破紅磚
輕輕拋
越過青青籬笆

萬籟竹葉
一只空酒瓶
我掀開半冊書
是誰用鞭子
抽動了時間

冬臨永鎮

灘上影子
吞掉我們的腳步聲
猶聽見陌生人祝福
來自海上遷徙的蝶群

地平線下世界
逐漸脫落
恍若靜止中懸露

應是農曆大雪
天際露出絲絲燦光
眼前那座小島
有熊冬眠嗎

風仍像去年深刻
日子被首次拍照的手
不停晃動對焦

指向明靜的出海口

馱著一峰一峰沙

那是回憶到不了的……

羅東火車站

一個踉蹌的腳步仰成
向日葵的微笑
那年還紀得青春換成一張
不逾期的單程在
剪票口留下
生澀的洞孔

帶一包鹹酸甜的記憶
鴨賞的嫩，牛舌餅的脆
其餘雜陳的風味
就滋潤這片土地風霜
拖去滿是沉重步伐的行李
留下親人視線兩行
給一個手掌沉澱笑容
甩成擁擠的風

進站的是一列來自山脈
獨有的咆哮
正式向海岸下出戰帖

鼓聲隆隆作響
揮動電的旗幟
幼小之魚只能接連成群
順流而下

世代的列車就要開了
還未上車的旅客請趕快上車
在門緊闔雙眼
留給車站兩道
皺紋的軌跡

車次 2759

想你此刻已起床
刷牙、梳妝
如小小書籤
掀開一頁的平原
晨讀今天

而我正往南的旅途
那裡的男人
有山壯闊的胸膛
海有女人深邃的眼睛
小鎮田路
處處生花

我棲身隱隱四方
眼前每一片窗
都是獨立的風景
想起安哲電影中
鏡頭緩緩拉長
偶爾有晨光

悄悄從中溜進
環繞我的脖子
輕輕柔柔
一條亞麻黃的圍巾

沿途停靠
學生選擇濱海村落
探尋青春的寶藏
藍衣工人們
在號稱和平的港口
奮力與山石抗戰
留下幾位
選擇與我繼續維持
旅人身份

我想趕在進入隧道前
給你發封簡訊
問你這裡
離平原有多遠？
深怕一刻黑暗
我便有了時差

註：車次 2759，區間車，經由北
迴，起迄站：頭城至花蓮

脫北者

島嶼北方冬季
天空糾結
陽光過於稀釋
霉透我心房
層層角落

我想像遠處
每戶門前都坐著
一位老船長
在午後打盹
踏上街道如甲板
迎風出航
記憶因而有了
搖晃的開始

搭一班遲來的列車
穿過無數涵洞
右邊是看不見的海
東北季風猶如追兵

身後蟄伏
等待室溫漸熱
脫掉潮濕的鄉愁
戴上異鄉客面具
到那曾為水兵
與海拼搏的Ｚ港
你必須習慣南方
讓陽光在頸上
狠狠留下齒痕

不具名來信

想必你也是陌生人
和我擁有同一間暗房
沖洗濕答答回憶
光在蠕動
掙脫文字的黑繭

想來左手鋼琴協奏曲
你右心房微微疼
我不打算稱你為親愛的拉威爾……
就讓管弦拍擊
無聲的所在

幸會遙遠的人
在人生某個關節上
你我都有過不去的風濕
想起一些酸楚
咬牙浮現餿味
在那可有秋冬之分

晝長還是夜長
人來還是人往

疑問總是疊過新牆
你伸一隻手
蓋住一半月色
前行野地有茫茫霧氣
淚刷過信封地址
玉米田在歌唱

我還在尋找襲來的鼻息
不動聲色地穿透
皺摺的紙墓
到底埋藏多少回聲
連一具屬名的碑文
也沒有

黑潮　　致三島由紀夫

島與島的縫隙間
沒有不許征服的海
鷗鳥張啟久違的地平線
風測繪昨日雲
波濤鼓鼓的胸膛下
看似暗藏的暖流
前方行船早已褪去
那刻星光覆上假面
弦月於黑色屏風
勾刻墓誌銘

你潛游著
張牙的爪伺機埋伏
日夜交替無聲息
踏著柔軟的海草
穿過洶湧暗潮
大把大把地撕裂
凝結的珊瑚肉體
諦聽潮擊輪迴

再一次
舞成漁火

逆光航行
你刎去的陰影
方位形而偏下
距離如纜
沿舊日海的疤痕
我們再度返達
所有撩人港色
僅是多餘

我躺過不止　　致和平抗爭者

我的眼仰望黑雲
落下滾燙的炭
使人無法久視

後腦杓親吻瀝青地
髮絲分泌鹽
母親猶在耳邊
句句針線

我的肩不需負重
任憑雙臂勾著雙臂
抽象與具象

說不定沒有背了
腰臀也擠在口號裡
哪裡雨過天晴
謝下一支野花

這些冰涼濕氣
還能給我什麼
彎曲漲潮的膝蓋
我還有一口氣
還有一對腳掌
牢牢貼緊土地

輯二
_____

逃亡家族

逃亡家族

爺爺開瓶啤酒
臉紅嘔嗝
奶奶躺進合照
來不及
共飲黃泉

爸媽笑開懷
脫離道路
有一些默契
岔開就好

斑鳩搶食
野餐狼籍
落櫻沒有少過
小寶貝

手牽著手
喚鐘聲歸林

讓陰影與光
同時穿過我們

以為是舊魔術
變出新世界

秘密結社

我們在鴿聲睡去
在鷹嘯醒來
黑櫻桃園裡
種下僅僅
一粒麥

道路渾重
如條舊運河
人來人往
連呼吸都錯拍

等待九月秋
無月夜
在地鐵末站
以四句偈
手捧麥子花
認出彼此

以詞易詞

恢復石器時代

擁抱獵物

誰是第一個

將火胎生者？

推為首領

兒童節

我牙疼
糖果寒酸
拔掉苦笑

想入迷宮
門兒都沒有
放一隻小牛
蠕動
反芻歸真

觀星愜意
與光蹺蹺板
一高一低
作夢姿勢

玩具不宜團圓
樂園不宜
走失親人

我開汽水
泡泡有燃點
分一半給弟弟
舔眼淚

擦嘴巴活著
碰軟釘子活著
走叉道路
諸事不惡

小怪物

我背脊
長出白茅
搭成防雨屋頂
遮風內心
一方小斗室
擺幾件
明代家具
等待哪天
歸來的牠

弟弟餵養小魚
給大魚吃
養大魚
撐破水缸
預言哪天
全家飢餓

而那天
獵戶座流星雨

撥念珠般
狂暴寂靜
想牠攜回炊煙
及數道傷口
回頭是陌生路
我幾乎忘了
指出牠的名

山魅

三月櫻花
咧嘴血笑
如今雲的唾沫
懸在那棵樹
閉口不言

林中佈滿歧路
我們撞見羲之
替一撇野瀑
草著墨色
或許他會抬頭
揮灑涼意

夜鴞每叫
便開一扇黑窗
聞有柴燒
記憶感到飢餓

生活的傷疤──
歸隱的方向
迎來賓客
早早互道珍重

將多年秘密
獻祭於洞口
飽滿情欲
鹿身人面

溫泉鄉

我正校對
一趟泛黃旅程
手牽著手
無數次排練

走過溪邊
便騰起蒸氣
步上橋
便下起鳥來

一把鑰匙
開啟那卡西聲
住著日本時代
輝煌刺鼻味

肉體開出汗花
曖昧不清
見髮影刺青
緩緩入湯

乳白色汁液
膨脹飢餓
溫出一頭
展翼麒麟

此時屋外
雷雨疾射
你舉起食指
向上
雙人旋舞

械鬥

男孩高舉刮鬍刀
剔除了嘴
從此不再吻
拔下犬齒
當掠食武器

姑娘們哭泣
撩開裙子
悄悄靠近
恰似一江春水
朝哪流去

長路盡頭
是一面銅鏡
太陽走錯舞台
迴光返照

雙頭蛇攀附
高成權杖

他們各據山頭
問我谷地
可有咸豐草

隊伍集結
時間的鐵拒馬
尚未爬滿藤蔓
一眼還一眼
鼻氣相連
不聞聲響

狎媟無間

或許我已輕熟
身材激凸板塊
推移成馬六甲線
制服才剛褪色
甜食仍具誘惑力

或許你還年輕
腹部練到殺人鯨線
胸膛不毛之地
肩膀負重
仍夠飛燕還巢
人生背景小清新

我捧著一名旅日詩人
移株翻土勤施肥
恰似深秋最末一梨
留種傳世

你苦吞自己淌下的口水
即是性感
獨一無二

後來下起金箭蛙雨
地表被啃食不平
說不清長在背脊那鏡
是不是溺水蓮花

前戀人絮語

1.

一早暴雨
世界太懦弱
只對著我哭

2.

讓彎月澆熄
彼此乾渴的身影
讓雷電躺平

3.

心腹藏書
誰都可以借閱
請別忘記
放走書籤

4.

蜥蜴無可救藥
善於害羞
牠爬進心穴
吃掉所有寒害

5.

敬告外星人：
午夜帶走我
至少讓我留下
玻璃義肢

案發現場

1.

打翻咖啡
一隻褐色的掌
攀住桌沿
不肯落下

2.

暫且無雨
火舌舔過壁爐
不留一絲餘燼

3.

鑰匙還躺在鎖孔
深怕一轉身
驚醒門外風景

4.

扶手椅上
臥著一盆水仙
隱隱流動
如座冰山

5.

打字機埋下
一紙未爆詩句
缺乏引信

冬雨

1.

雨滴滴打穿車窗
雨停了
我獨自吞下滴答聲響

2.

無鳥飛過
無伴奏大提琴
我肩上吊著雨弦

3.

關節仍記得疼
我承諾風濕
自南方歸來

4.

寒潮高漲
乘肉身的霧
到意識的冰山一角

恢復單身日記

1.

固定每日下午
某個時刻
被一隻黑色小犬
遛著
去探世界

2.

杵在深閨裡發怨
無時無刻
無時無刻不看手機
有無未接來電
好宅
心仍厚

3.

和我相像的——
太令人生氣——
與我不搭的——
又無疑悲哀——

4.

對一個 30 歲的男人來說
不過是三個 10 歲的男孩加在一起
相互嬉戲

5.

這座島翻頁太快
來不及記下一句預言
好問題
總是沒答案

6.

我哭的樣子
必然是笑不出的樣子
請給我歇斯底里的面具

輯三
──────
著猴的人們

隧者

卡內提（Elias Canetti）：陳舊的威脅就像煮熟的魚——可以拆下骨頭。

那是一條幽暗的……
限速前行
物種起源的時刻
這裡不曾大雨
卻潮濕黏膩

一則獨家報導：
「右側深處長年滲水
　　終至塌陷
　　　一名閉關涵洞者被困
　　　有關單位搶救當中」

麻過半身的藤蔓
會攀附洞壁嗎？
總是有人必須超速
手執冰冷方向盤
過幾個驚險彎道

劃下煞車痕

才能抵達失事現場

而那時數百位警消

漫無目的遊走

用線索縫合著

壁上徒留的刪節號

……慢慢走出－－－

誰準時排了一聲穢氣

指引方向

後記：2007 年 2 月因闌尾炎，開刀住院，有感所作，悼念那截未見的
　　　盲腸。

我的野蠻詩友

叢林戰中的槍林彈雨
序曲早已孵成冉蟒纏繞
窒息我哺乳類的尾巴
指尖懸浮一顆微微毛繭
多年來的自衛更待何時
你說失落在方圓百里
靶場的機制在於互打飛機
俯身且必要呻吟
興奮的對白仍囤積
半熟的燃彈之間

（啾。一架架敵機充血勃起）

詩友你決定在扛起一柄月亮前
對我說些臨別的情話
那怕是謊話
也令我男體干戈
請狠狠賜上一枚子彈
從我左邊臀骨貫穿你右袋陰囊

至此便有歃血的患難與共
我們的後代也將世世流著
弒殺的圖騰

（轟。整粒爆彈乾炒下鍋）

詩友你可知前方埋有突擊
為何還執迷緊握畏縮的筆桿
要我扒下僅有的包皮以
供應你源源不絕的彈藥
在意識中不知射出幾發精元
我們仍是笑著推敲高潮的類型
堅持沒有幻想的和平裡
繼續硬起挺進

（嚓。遠方穿過萬發淫聲穢語）

詩友你困於猛獸毒蛇的圖像下
帶有蒼白且迷樣的痴笑
我只能再見你發亮的頭型
狂亂地剝開左葉腦膜
那裡並沒有沼澤的藤索

只有數隻攀附崩潰的血蛭
以一言濃濃唾液迅速淹沒
這月荒蕪的彩繪

（嗚。號角在五點十分吹噓下陽痿）

詩友昨夜你總算是失眠了
假牙怕黑的程度非我能體會
這是一個斷言斷語大賣場
只要再突破幾關銷魂的圈套子
就能促成一次完美達陣
而招降的羽旗在此翩然落下
你用僅存的唇語外加半個摑掌
打翻那年我們親手為勝利釀製的汗血
灑向灰白的瞳裡

（連一個狀聲詞也不捨）

萌系男孩

我曾帶壞一群女孩
瘦身、嗜甜、裝可愛
說著吸血鬼與狼人
為我爭風吃醋的謊

我嘟著嘴警告她們：
別再嘟嘴囉
那是異性相處的
犯規之道

儘管我沒有寬大肩膀
配上性感鬍鬚
定時會打呼
討厭小屁孩

她們還是義無反顧地跟著我
像一陣流星雨……

歐阿立先生

總需要一名蘿莉塔
不用再宅了
拿著陽傘蹲下來
定時澆澆水
開出一朵香菇

在雷擊那晚
光禿的頂上燈亮
別再毒舌了好嗎？
星光大道上
有誰聽出淘汰歡響

拿好人卡搭捷運
壞女孩在車廂等 CPR
那不是你的菜
失敗的經驗可儲值
繼續悠遊

每個人都向你伸手
撕身上貼的標價
一只洩了的氣球
在溫室暖化下
詩意體前屈

註：Orz，失意體前屈的象形，形容落魄人生

枯壽大師

左手捏蓮花指
右手刺上波斯菊
背後顯現一輪光圈
初一十五不一樣

六根變頻清靜
冥想能省電
任何陰影都無塵
肉體才是溫室

頂上擲出幾點
逼機或是通殺
各位訕男性女
請保持安全距離

今夏啣若蟲
以為能吐出禪意
講幾則冷笑話
便想對抗全球暖化

還是菩提下乘涼
看著太陽滴滴融化
有訊號自西方星球
盤涅後留下數顆結石

註：kuso，日語，惡搞之意

輕熟男

一整個有稜有角
倒入青春的滾水裡
悶煮好多年
嚼不爛的性格
咬牙切齒

皮鞋被火柴擦得發亮
如果在冬夜一個女孩
引燃精神的核爆
疊雲籠罩頭頂
能留下三千髮絲嗎？

試著調解的腰圈
呈堂的胸毛
愛人說詞反覆
在生活的答辯中
誤認禽獸男

一台標緻的野狼
套著籠子競速
个上又不下
歲月的單行道上
腦殘遊記

註：輕熟男，年齡在 30 歲左右的男子

小女孩子氣

如果有一件事情
可以說得白
妳的眼睛眯眯地
會游出一魚光線

開始的早晨
誰叫太陽起床
誰就幫星星蓋被子
對望著彼此
皺皺眉
也是一種撒嬌方式
打打哈欠
再賴一次床

妳體質忽冷忽熱
把心臟外掛胸前
吹泡泡病毒
卻從未說破
讓我對緣分

戴起口罩
一直很感冒

支支吾吾
妳換說假話
不就為了成真
像個小公主
把世界打扮得
漂漂亮亮
妳說張開透明翅膀
一起來
一起來
天使 cosplay

囧達人

把頭舉高三尺
讓神明踏光毛髮
宛如一株天燈
明亮而無暇
即刻生起悶氣
自我膨脹

薄薄臉皮上
佈滿歪七扭八的心願
風不調雨不順
忘記寫上姓名
患了大頭症
飄飄然被捧上天

留下身軀穿過窗口
夜空擁擠
為閃躲星星
發現肝火用盡

表情異常緊縮

墜落在現實的邊境

註：囧，古義：窗戶、明亮的樣子

殘念達人

輕輕跳開地球表面
世界就要與我為敵
誤奏彼此的武器
暴頭成型男

那些唱過的夏天
不催淚沒人聽
日子一首接一首
單人包廂內

性格動不動就機車
無照騎乘排黑煙
駛進地下道請熄火
以免瞎撞閻羅王

一開口冷笑話
所有雪花覆覆全身
你是否感覺北極
因此少了一熊？

人生仍處於落後

滿壘兩出局

站上命運打擊區

天空傾盆大雨……

註：殘念，日語，遺憾可惜之意

卡陰達人

八字少哪一撇
靈魂的重量
都飄如雞毛
天生缺乏膚色
易成人家的背景

夜半如廁
拉門驚覺涼意
解出一條黃虛線
閃閃寒光
冰箱半開半闔

早晨猛刷牙
就血盆大口
臨鏡許久
深怕腫脹的舌頭
輕易滑入食道

烈日當頭戴起墨鏡

影子紛紛激凸

暗箭近在眼前

平板的人生啊

突然 3D 起來

註：卡陰，遇到陰間事物，厄運之意

累格達人

那是個抽筋的下午
滑鼠躡手躡腳爬過
四五枚崩落亂碼
一首結結巴巴

如果在心的暗房
沖洗著模糊回憶
時間蛀蝕一格格底片
視界卻已數位起來

左胸前佈滿插槽
等待一條熱心傳輸
腦殼澆灌思想
蔓生無線藍芽

一則虛實難辨的生活
傳自遠端視訊

哭聲快過傷口

儘管斷斷續續……

註：累格，英文 lag，意指延遲、不順

廢柴達人

天生骨質疏鬆
蟲蛀洞就開
意志枯萎落盡
搖搖欲墜

脾氣點了不燃
燃了不旺
所謂朽木一條
不可雕也

瞳孔暗藏火種
眼冒金星
眾人急潑冷水
笑笑當施肥

隨機站在路邊
被當木人樁
左一掌右一拳
成就武學宗師

讓傷口長出青苔

平躺覆蓋白雪

春暖花開

化身好堆肥

註：廢柴，香港語，廢物無能

大演說家

沿著踏步聲

奔流匯集在

冬雨廣場

四周蔓生鐵蒺藜

主體塔為中心

每支傘下

每張寄不出的臉

他及他的翻譯

同步立體聲

言辭無色無味

誘捕來不及長大的信念

他祈禱疾呼

替時間著色

把世界還原成

黑白兩面

順勢將頭栽向

眾人胸膛

幾萬次心跳起伏

他們任傘枯萎
冒雨淚流
坐著站著
甚至在下個街口
突然醒來
身體漸漸築成
聲音穿不透的閣樓
而霧貼著霧
靠攏如驚叫的窗
信號燈從深處探頭
螻蟻拖著同伴
牠們眼前世界
如此巨大

他及他的聲嘶力竭
被記載在塔上
配合紀念煙火
正常上班上課
偶爾有夜鶯
唱名一下

校友

此刻你就這麼貼近
搖醒疲憊的我
來自遙遠的校友
我該羨慕我們同日生
還是該嫉妒你
不必再為升學熬夜

身高不止沒長
體重還胖了十公斤
這套制服你穿得下嗎
近視度數增加
還是不習慣戴眼鏡
世界模糊才有美感
聲音多了點世故
皺紋免不了
筋骨如普通車
一站一站停靠
唯一相似的靈魂

徒增堅毅

又略帶平滑

你的親人仍健在嗎

他們曾如此呵護我

雖然偶爾吵架

最後會有幾個知心

為你牽腸掛肚

那些令人羨慕的班對

到底生了幾個孩子

而我暗戀的學姐

麻煩在她婚前

替我寫封情書

哪些題目會考

大概你也所記不多

大學好玩嗎

你點點頭又搖搖頭

我戀愛學分修得如何

你比大拇指又縮回去

我挺胸拿出筆記

字跡凌亂害羞

你試圖修改我幾行詩
勸進投稿參賽
卻遭白眼拒絕
苦悶的青春火山
噴發掩埋目的地

遙遠的校友啊
校慶即將到來
你可能一事無成
無法登台表揚
不如與我坐回班上
擠擠取暖
一起細數桌面塗鴉
反照同張模糊的臉

十六行尋找作者的詩句

好心的讀者請問

有沒有遇見一位鄉民

面容枯竭、無病呻吟

在記憶爆發土石流後

撿拾河中漂流木

他毫不猶豫刨去表皮的主義

開始低頭苦思

那交錯解構的年輪

鑿開一字字

刻下一句句

遲遲無法命名

最後拋下了想像

棄置孤苦無依的我們

僅遺留一絲線索：

「千萬不要解釋

　　像一個預兆」

遺書練習寫作

曹先生、曹太太：
餐桌上有飯菜
記得半夜十二點前
放到微波爐溫熱吃了
書包裡還躺著聯絡簿
一早給弟弟仿一下簽名
還給學校導師
剛剛補習班打電話來
說我常常無故不到
不好意思收你們的錢
別忘了領回來
魚缸的金魚我餵了
別讓喵咪靠近他們
喵咪最近懷孕了
別讓哈利跟他玩
哈利最近……

爸、媽
請原諒孩兒不孝

這是課堂交代的作業
幸福讓我動不了筆

借詩

那晚，你來向我借本詩集
說喜歡上一個文學院女孩
我拿給你一本聶魯達
你只借走二十首情詩
一首絕望的歌還給了我

你指著當日副刊上的詩
說寫到女孩的心坎裡
便趴下舔著那幾行鉛字
用舌頭租借跌出的韻腳
因而空出了欄位
可否也能借你寫詩

我最終也把交不到馬子的才情借你
連同那幾個無用小獎
你臨走掏了一把朗誦聲
隱隱迴盪著
然而你始終未曾還給我什麼
連一個風濕的靈魂也沒有

我也未曾把筆名曹尼

借予你

著猴的人們

腦海中放下魚鉤
有人學著夢遊
現實裡的垂釣
往往姜不了太公

板塊逐漸推擠
人潮開始海嘯起來
舉起沖浪板俯衝
保持日子平衡

記憶擱淺上岸
鼓鼓如河豚
遭人誤食
瞬間秒殺

著猴的人們啊
跑跑卡陰車
到了叫我
你累了嗎？

輯四
──────
越牆者

鳥籠

母親總是將自己當晚聲音遺失的半拍，悄悄關進鳥籠，深怕隔夜的夢囈侵擾，每當清晨雀鳥聲響，便有了共振的回流，百鳥朝鳳的陶醉。

她提醒我準時餵養，以那不怎麼熟悉的腔調，籠內的震動似乎在反抗什麼。

我慣性地餵起餘剩的半拍，籠子內外倏地靜了下來，一個完整的囀音，向外拋遠。而門，總是要開啟的。

小熊布偶

小熊習慣躲在櫥窗背後，人來人往目光游移間，十二月雪漸漸
飄近，據說耶誕節有張襪口微開，預備裝滿孩子的笑聲。

因激動掉滿灰絨線而桿出一個彎彎的繭，小熊終究害怕與歡笑
為伍，試圖包住討喜的模樣。

當時車裂的舊傷口，緩緩流出純棉思念，一絲家門前才會種的
白棉花。

盒

夜半無聲，父親決定秘密把一條淚乾而斷流的河，放進家傳的盒子裡，花梨木質，深紫色，陳舊，蓋頭鑲有一朵野薑花飾。

那條河苦苦掙扎著，有時彎成 S 狀，蜿蜒有致，有時筆直有勁，張牙凶猛，但終究在家族的大手下，溫順溜進盒內。偶爾吐吐信，眼神迷離，蜷曲成一輪安詳。

那夜，母親悄悄把盒子鎖上，流著淚唱起催眠曲，寶寶睡，寶寶睡，一眠大一吋……

隔日，醒來在一圈漩渦之中，父母的臉漂流微笑，整個家浸泡在回憶底下，開滿野薑花叢，不時嘶鳴。

種種想不到

我提了一個美學的問題，在夏日紋身的季節，每一隻撲火的蛾，紛紛吐起絲來，結繭為蛹，蛻變成蟲。

哲學的刺毛下，我又提了一個美學的問題，在暴風眼登入時刻，每一隻抖動的蟲，撕咬彼此，血肉糢糊的甲殼，卡夫卡裸身出來。

他脫去我的影子，披成黑色外衣，精神抖擻，燃起一支煙，摑了我兩巴掌，別問下去。

失明者之歌

當蚊子戳破夜的沉默，躺在小說家的床上，一頭翻身，兩顆眼珠子便咕嚕奪眶跳出，他們選擇滾動——地球自咬尾巴的方式。

刮響地板，以濕度八十前進，留下一路歪斜的鹽漬，他們蒼蒼不回頭，也不分方位，緊密貼緊彼此，偶然舌吻，偶然互揭傷疤。

攀爬至十三樓天花板，幻想是雙頭馬車，載著南瓜的童貞，卻忘了臨走前插上睫毛就能飛翔，鐘聲在催吐，原形什麼模樣？

他們默默調勻姿勢，黑色痙攣，白底的暴露，在下一個據點與句點間，互道珍重，仍不忍讓下一場風景漸漸失焦……

鍬形蟲之旅

小小的他從枝幹上重重摔落，濕寒十二月天有卡夫卡呼吸聲，樹的皮膚還流淌血，接著一支憤怒的手伸出，把他狠狠擲入樹洞。

他緊身黑皮衣。他鹿角大顎。六根刺突小腳。紛紛綻開來。

小小的他到哪裡去？未曾墜落底層？也沒有爬回洞口？是回聲吞沒了嗎？還是他化成一枚蝶蛹？

那些記憶仍舊堅硬——被鍬形蟲負載著。

掘墳者

月光的碎片就這麼插進側臉，他舉起頭蓋骨擦出的燐火。腐朽
的左手，眼淚成螢，一閃一閃，未乾的血書字跡

「喔遺產，一副狼心狗肺
　　剛換的假牙及露珠
　　偷來的一對義乳
　　足夠半生享用，全致
　　吾愛」

從肉身抽出成雙的琵琶骨，血色霧中，他劇烈感到一陣迷茫，
眼光依賴盡頭！手下得不痛快！輕盈的逃亡又僅僅是，一道形
式，一道圍牆。血液流竄的原罪，星星抓不到，空曠的橫屍遍
野啊！少了一點野火放肆。

就這樣一個人，羅列的

這是病死的墓。
這是嗜殺的墓。
這是瘋癲
這是……

而這是，虛位的墓，適合他裸身看彩虹傾斜，流質的夜空。他竟裹足不前，用迴紋針別起那枚福馬林味的心臟，企圖等待黎明，等待浮腫的夜瞳。

最後提起一支還黏著肉屑的腿骨，奮力一掘、再掘，他正創作一首子夜的單歌，耳道沒有喘息，直到有意識前：「請叫醒我，別打擾我」。一隻夜鴉披著過重的黑髮，盤旋凹陷的穴裡，飛不出。

一股卸下鈍鏽的軀幹，試著把手臂交叉逆十字，他將自己的頭蓋骨放正，收下顎，沉眠的絕佳狀態，擺放在旁的皮囊，連一滴淚也無法擰出。

他也想過就這麼躺下守著，愛撫這完美的雕塑，頓時煙灰裊裊，如數條黑蛇流竄，引來往生的友人，齊聲朗誦自己立下的墓誌銘：

來我異端的墳前禱告
我們有的是時間
夠你衰老

越牆者

牆是病了，長出破裂的皺紋，痛得哭了，一道道斑駁淚漬。我曾是被牆責備過的人，輕輕舐過絢爛塗鴉，失意時就抬頭仰望，一隻黑手伸來拉起衣領，又放下。

耳緊貼牆竊聽，那邊可有另一隻耳要交換秘密？可有坦克換情歌？可有黑貓在牆角眨出的兩株螢火逢鬼便問：「需要引路嗎？」

只好擱下右耳，手觸沿這堵隔離向前，幾處拐彎，風抽打雙頰，淚在身後潮濕摔跤，同樣皺紋同樣絢爛，牆大口大口吞著盡頭，牆仍斜斜站立，既沒有腳也沒有枴杖。

我喘息後退助跑，跨出一步，下一腳將落在何處？

放下沉重夢袋，把背上僅剩的一隻翅膀折斷，跳躍、攀援，喊出自己名字，取代許久不來的姓氏，終站上窄牆頭，腳邊一群螞蟻推滾浮石，我再次仰望，讓天空枯萎的雲朵養在水眸。

被分隔在意識之外，昨日鐘聲迴響，跳或回首——

跳下去也許就孤單了，至少還有一面空牆，足夠留下大片陰影，等我重重一拳，打向縫心。

末日頭條

2011-10-07 蘋果日報【綜合報導】賈伯斯走了！蘋果還在樹上　人類就開始模仿上帝的指紋──觸碰、翻頁　輕輕滑動世界，全球蘋果迷心中的神、被譽為「改變世界」的科技天才賈伯斯，昨驚傳在美西時間週三逝世，年僅 56 歲。據說蘋果首次殞落　亞當夏娃們　一早大排長龍　搶購首發蛇鞭　忘記要替伊甸園　穿上大門，他的死訊頓時成了全球媒體、網路上的最熱門話題，台灣許多民眾聞此噩耗，不敢置信。第二次殞落時　炸暈一個英國佬　牛頓先生發起宏願　要讓巨人矮一截　科技的墊肩看起來　威而剛。他一手創立的蘋果公司盛讚他讓世界變得更美好，公司總部降半旗致哀，第三次要等到　輪番頭條才知道　蘋果墜落大西洋　引發氣泡海嘯　成千上萬粉絲　躲避不及　淹沒台灣香蕉　一公斤到底一塊　還是六塊錢？全球名人齊聲哀悼這位「最偉大的發明家」，視他為偶像的蘋果迷深感惋惜，鄉民沒空豎起　資本腫脹的拇指　給他蓋高尚　只好比出採割中污黏的中指　揮汗挖鼻孔，將下周五定為「賈伯斯日」。

註：中明體字為報紙文字，標楷體字為創作。

陽字艦隊

〈魑陽艦〉

停泊在毫無生息的碼頭，水手目擊遠方疊雲升起，火光四射，
胸臆的浪仍靜靜推擠，磨著生鏽的艦艏如斧。

纜繩持續吃緊，拉拉扯扯，船身十三度微微傾斜，露出焦躁的
肚白，隨時都有迫擊聲響，擱淺在燈塔的眼瞼下。星光為砲口
鑿下一扇窗，抖擻一身餘灰，甲板上還滾落幾顆牙齒，能傳令
萬浬之外擦槍走火？

年輕艦長伏在滲水的海圖上，指揮一場戰略攻防，意氣風發，
乾不了的潮水、潑跳的夢境，以兩種速度前進、交火，在看不
見的海域，神出鬼沒的船骸……

〈魅陽艦〉

航泊日誌第四十七頁，霧又再次臨摹黑色的浪跡，一筆一筆，翻捲起霉漬，滲漏在老艦長斑斕鬍鬚，潦潦草草，他抽起雪茄，奏響冬季的煙歌。

四十八夜，砲管開始披上苔衣防潮，腐朽在瞄準間，濕意因而過高，禁止射擊！甲板上滿是生鮮的蕈類，水兵們紛紛蛻去鱗片，蹲坐在舷邊，雨絲順勢勾住了他們受潮的唇，植入霧林。

七七，承受最後翻夜的誤讀，水面依舊清靜，即使海豚一再炫耀芭蕾，請帶領我們譜首海嘯，當艙間淹滿歌聲，灌溉發芽的燈塔，迷航在移動的港灣，僅以天亮方式，才能退去背上的浪鰭。

〈魍陽艦〉

卸下火砲武裝，拿起貝殼錄一段潮音，讓纜繩吃飽鹽漬，桅杆接受風的吻別，我們就要掀開藍衣被，犁進船塢，等待烘乾孵化，成島中之島。

據說那晚值更衛兵瞧見摩西帶路，船內鼠輩遷徙，橫行碼頭，鷗鳥竊喜佔巢，幾枚鯊魚背鰭划過甲板而行，魚群紛紛走避管線之內，又說一名長尾巴滿頭蛇髮的女子跳上舷邊向他調情。而空無一人的艙間，波士頓的空中花園，舵房仍不時傳來歌劇男聲，午夜十二鐘響……

月色就擱淺在約定時間，記憶還在浪拍下大修，換機輪、敲鐵鏽、補上灰暗的漆色，期待每朝第一道烈陽點爐，因而轉動餘暉，再度啟航。

〈魍陽艦〉

拽斷了地平線，身為旗艦，善於擺動尾鰭與白浪擊掌，我族的
同類，紛紛露出齒鬚低鳴唱和，以十節航速轉換隊型，拓印在
秘密的航線上。

一旦發現水下目標，聲納同時奏出悠揚樂章：撒旦的舞鞋。艙
底隱隱流淌溶漿，甲板龜裂挪動，情緒高溫而膨脹，一脈移動
的火山，陷入海上惡沼之中，一吋一吋，舷邊爬滿藻類藤蔓，
艦艏無臉的拉纜手，吹起了鹹味的口笛。

這裡沒有燈火管制，珊瑚裝飾著盛夏的雛菊，水母宛如夜空幽
浮逡巡，幾隻迷路的熱帶魚誤闖艙間，再也無戰事了，偶有回
溯的洋流，撫觸海底的龐貝城。

輯五
宴會善男子

同名歸途 ——載蔣渭水返鄉

先生，打擾安眠，身後六張犁睡得好嗎？
起身整理行李，收拾蘭陽道地口音
——我們漳州腔嗆鼻勁有力！

返鄉路程並未遙遠，而心境如此蜿蜒
沿途臨床診斷，望聞宿疾
現症：道德頹廢，人心澆漓
名：智識營養不良，多年仍未癒
顛簸中，先生啊！您對誰開出處方？

請繫緊安全帶，對著車窗輕呵口氣
凝結的雪線逼視眼眸
打拼過的文化協會、民眾黨歷歷窗外
隨手翻開幾頁民報，預言熱情安在？
回憶那場演講，有人始終等在下面
提起激情手斧向前、怒吼
帝國未曾西落，同志各自背負花園
真理和現實只能擦車逆向而過
前方請減速，生命路程，身易先死

先生，看雪山隧道前，所有車輛皆屏息
蠢蠢欲動，進入城鄉間的盲腸
打開廣播，收聽故鄉被消化的飽嗝
速限七十、車距五十，您不禁懷疑
殖民者是如此深怕記憶與我們相撞
這裡沒有重重彎道、落石坍方夾雜銀紙
聽不到鬼話連篇，眼前黑色浪潮淹沒龜山島
經過無數次斷層湧水、爆破及通車典禮
情感變得高溫潮濕，看不見出口的焦慮
輕踩油門，握緊方向盤，在歷史快道上
無法回頭改變方向，抑超前體制
且小心翼翼，把先知的理想甩在車後……

光源漸漸擴散，平原展翅，竟想不起這裡
幸而蘭雨是母語，翻譯時代萬千
在車換黨之後，您好奇問起路名
只得尋找課本，把自己的名字寫得更像異鄉人
家裡還等著吃團圓飯呢！先生，歇息一會兒
駛過那些村莊、稻田，如一把手術刀
輕輕劃過母親胎動的肚皮

向永恆起程

瓦拉那西（Varanasi）比歷史還古老
比傳統還古老
甚至比傳說還古老
甚至是這些通通加起來的兩倍古老
——馬克・吐溫（Mark Twain）

擦拭十九世紀的地圖
在地球上緊發條前
讓晨曦勾勒出旅程
來不及朝聖的星辰
在各自位置上
打坐成石
歇息鹿野苑的菩提樹下
距城還有一個佛身的距離
雙手擺出玄奘的合十
摩擦當年火種——

如果此時播下一粒雨
天堂泉水就會湧成稻穗

順著濕婆神的髮

輕輕飄柔浮現古城

沒有沿路留下麵包屑

缺乏神話的謎引

我該如何想像回程

還是指向遠方笑問：

連未知都是古老？

從朝霞點燃霧起

每座玫瑰色的河階上

少女梳理母親恆河的分岔

挑撿出乾燥倒影──

有滿臉灰燼的苦行者

牛眼裡輪迴的漩渦

漂浮污垢聚成一段經文

漫無目的地沐浴

只為讓靈魂保持溫暖

如嬰孩依傍子宮

左岸葬場上

聽火神阿耆尼的胎動

肉身、意識皆在激烈辯證

生老病死

最終灑出骨灰的雙手
再次拉開人生劇幕

巷弄蔓延如皺紋三千
裊裊灰煙粉飾容顏
每轉過一段街角
就會撞上一輪時光
我不停追問瓦拉那西
如何拒時間邊陲之外？

「坐臥飽滿的影子中
待目光切齊河面
水鳥隨舟擺而群起
回歸寂滅……」

自修室一日

晨起，無關緊要，小咳嗽
一雙鞋，背包裡有治癒的花園
室外門把，留有昨晚最後一人的握力
順勢推開，選張適合重奏的白桌
聲音、意志與寂靜的匯流處——
時間。將姿態放下，記憶如藤攀上
撥撥泥土，感謝日復一日光合作用

喝口水，擺定紅筆記，如果轉身
將沒有路口，椅背如此堅實
書籍仍在架上甦醒，而音樂呢？
睡夢中有鋼弦錯落，插一朵百合
將手還給筆尖，歡愉留給繆斯
就算火焰刺花眼眸，也別輕易逃脫
每句簡單詞語，都攜帶光芒而來
把祂們看成一粒沙，換取泥江滾滾
出神，低頭，脊椎彎成問號
任何主義派別、猶疑擦身而過——
「人生不值得活」、「我正前往……」

故事還未準備好成為他者命運
日子卻急於擺脫徵兆，閉眼那刻
頂上日光燈，紛紛舔起身影

身旁少年埋首教科書，註記畫線
蒼白身軀，青春多處暗遭刪除
女子雙耳，塞入遠離塵囂的衛星
手機四方一滑，地球為她翻夜
單字，例題，翻譯機沉重嗚咽：
「此地禁止飲食，不負責保管未來
既不是咫尺，更非遙遠的海角？」
分神觀看前椅，背掛飛揚外衣
無頭可晃，雙手舉不起，消瘦
長期缺人去穿上，失物招領
──孤獨是否每件都要極其合身？
有人借辭典佔位，隆起圓桌上
等待下個冒險者搶灘，以手指
為萬物命名，遺世於知識之海
每座水瓶仍佇立如燈塔，隱隱閃爍
有人假寐，以薄薄幾張便利貼
標示空調吹皺的室內風景

陽光悄悄趴在西窗凝視，眼神黯淡
座椅溫馴如羊群，緩緩向桌圈靠攏
再喝口水，沖刷嘴裡發燙的混沌
伸懶腰，卸脫眼鏡，無愧於素顏
腦袋裡放下的畫軸，字跡潦草
潑墨山水中，藏有一小徑縱深
晚安曲再度竄起，桌椅間輕跳似貓
練習走向同扇門，即使庸常擋住視線
殘存冷空氣、鑰匙聲，搬移橡皮擦屑
黑暗總分不開時間，在密室推擠

革命後的機車日記

1.

全世界都在切
格瓦拉，您真內行
一片片拼貼馬克杯上
倒滿香濃的資本主義
兩葉落在胸前比基尼
黃綠紅晃動！晃動！
豐滿的鬍鬚在翹
灌溉一朵貝雷帽
開出時尚適切
格瓦拉啦啦
人家才不會忘記你呢

2.

在生活中輕巧節拍
都市叢林槍聲四起
每件交易底下埋有詭雷
向前俯臥衝刺
身穿白領的游擊隊員
你莞爾一笑
相掩護又是很私密的事
局部翻譯亂髮
一會藤蔓叢生
別問革命
衣服都皺了

3.

那些日記
都倒貼壁紙之上
分泌腎上腺素
一天撕灑一天
366 頁
成為恐怖份子的可能
偉大報復的青年
我們可以橫越大陸
被一本書所起霧
輕輕扭動發條
地球因而自轉

4.

我們是泛泛之輩
可以假裝甜蜜
念一段聶魯達
培養革命情感
然後一起手牽手
爬過解放的胯下
那裡有煙硝的天空
一點點左傾
一點點暈

5.

永遠都有煙圍繞
熠熠生輝
雪茄流亡的線索
曾撰寫過病歷：
未滿撲滿請勿嘗試
課稅有害健康
一股騰雲駕霧
稱作階級先天失調症
雙手攤開抖抖噓噓
去作天使吧

6.

活著吧讓主義壯大

讓食慾迷你

火燎火急地攤開隔夜日記

與我熟透之前

過去就過去了

吞吞吐吐

分類回收過的信念

在異國遺失什麼

阿魯巴青春的部隊

就要拔營離去

冥王的眼淚 ——為非核家園而作

1.

你獨坐黑水晶椅上
托著下巴，捲髮披臉

眼前河流，哭聲蜿蜒
光在逃，黑色火焰
在鏡中擁抱

哪裡有故居？
巨大的廣場，鴿糞無味

2.

曾經街頭少女引歌穿越
城市替她伴奏一圍棘籬

你為她輕狂，盜挖兄弟阿波羅——
光源的雙眼
剝削出核，散播在人人啞口

每朵小花灼灼
豔異絕美

3.

少女善於飢餓，吞花活口
你靜靜等待，不讓她咀嚼
閉眼那刻，替她戴上黑曜石戒
婚禮樂聲——
撒下烏鴉殘羽

4.

新聞報導：街頭一名少女失蹤
故居大樓未更新
天空灰得有層次，膨脹只有雲
貓狗親近陌生人
不毛的花房

人與人之間留有縫隙
怕溢出恐懼，無處宣洩
穿制服的、有愧靈魂的
演化成弱者
而嬰孩哭出頑強的喉結

少女失蹤後
時間緩慢如果凍，透明無味
被誰偷舀一口？

5.

她告訴你：思念正負傷
夜夜夢回街頭

你只好造個母親，敞開水泥胸脯
擠出石榴子，餵養鄉愁
詛咒的血晶珠
禁錮她流連兩地

6.

你獨坐黑水晶椅上，眉頭深鎖
任憑死者掘墳，人畜爭道

阿波羅失明後
戴上面具，成巨大骷髏

小花不再升起，啞口封閉
被扭斷脖子的文明
棄置荒野

你等待少女歸來，心焦難耐
睜開鱷魚黃的眼
冷擲幾顆淚
滾動在異世界

倖存的馬戲團

1.

曇雲滾落在地球咽喉
疾雨間我們相互奔走
讓萬箭削磨鈍角
整個時代確切拔地失溫
接著黑雪開始竄動
最後一夜晚餐

他們搭起巨大圓頂
棚內入口處還殘留燈火
蚯蚓、成對鼬、銀杏種子……
拖著行軍隊伍進場
我看見混沌地平線上
即將載浮載沉的新諾亞

2.

他們將飛人拋棄在空中
底下是五顏六色花豹
女孩順勢拉起繩索
舉槓平衡的長繭雙手
有隻在飛的蜻蜓也很寂寞

一顆大球滾過
兩輛馬車並列
大象驚恐地跳起倫巴
耍弄黑白球的小丑
一手甩一手接
說謊的長鼻也跟著上甩
笑與不笑的蹺蹺板
沒有嘴角為他開出束花

魔術師躺入裝大提琴的盒中
白手套交叉祈禱
他渴望被拉奏成一首巴哈
於是頭與軀體被離間
肉身浮成海市蜃樓

壓軸的老虎遲遲未現
鞭長莫及的馴獸師
胸口湧出一大片紅海
文明的柵欄早已鏽蝕
不被馴服的禿鷹在上盤旋
牠們不吃人間移動腐肉

3.

團長懷念起詩人歲月
把自己關進籠裡表演飢餓
不食一字不吞音節
連消化的意象也不願嘔出
他氣若猶絲召集團員：
「我們形而上的流亡
　　虛擲才華是為了擊傷末日
　　與生靈共築遺言之家」

時間的溫室栽滿嬌弱記憶
月亮一滴滴融化墜下
圓頂漸漸剝離如半開罌粟

哪裡揭露誘惑的出口
說好了靜默離場

在天堂遇見五條鬼

0. 殊途

我奉日行一善
累積好人卡點數
好不容易生出翅膀
才飛來這裡

為什麼遇見你們
飄來又飄去
地獄無門嗎？

「好心的異族啊
一樓人間暖化
惡水溢出
灌進地下十八樓層
狼心狗肺多
鬼口失衡
漂來漂去
爆發難民潮

暫住二樓以上
且讓我們鬼話連篇」

1. 水鬼的告白

拜託別問我
是否溺水
吞口水嗆到
歸天的嗎
也別叫我濕答答
挑選替死鬼

我躲進泡沫滅火器
等待一場小小煙火
或以霧的速度
帶給公路浪漫

那年還未睜眼
看清一樓世間
圈泳在女孩子宮
心跳同步

聽見男孩求著：
「我們還太年輕」
來不及第一聲哭響
就被沖到這裡

2. 風、火好兄弟

火說餓了
要吞氧氣
風胡扯火的散髮
越拉越旺
他們平時打鬧
互稱好兄弟

一個曾是但丁僕人
專職打掃煉獄
另一個則在聊齋
跑過龍套
為狐仙化妝
陰冷颯颯

說起往事

兩人一把飛煙

一把灰燼

全怪不景氣

有位大叔失業多年

露宿公園

被同類驅離

慘遭水鬼強吻

他娘地提了桶汽油

請我倆兄弟痛飲

天乾物燥

平添冤大頭

於是我倆被責備

趕上樓去

3. 問土

從哪裡問起好呢

星塵往事？

還是——

舊大陸的記憶？

你不為滿月所惑
將河折彎
嘔出來的全是墳塚
與風秘密勾結
飛黃騰達
與水有過一段情
交溶塑形
你還記得嗎？

——我怎麼來到陽間？
你反問我
這時候最好
地球有你三成的心跳
一呼吸一起伏
凌晨 01 點 47 分
順勢將你疲憊的獨眼
連同齊聲哭喊
一起震出

4. 少了哪條

各位看官
四鬼各領風騷
讓我們舉頭三尺
有兇光閃閃
磨損即將出發的人

那雷能唱能跳
生於牙買加
要求戲份不得少
臼齒嚼爛雲朵
善揮紫鞭
動不動就把天空
擊出瘀傷
以一聲嚎叫說法
眾生各自解

回到事故遺址
他來不及幹件壞事
被羊牽著走回來
化為靈犀

5. 同歸

浪蕩的異族
我想為你們
重啟一則神話
在光撤退之前
天堂小巷
灑滿曇花

讓我摘掉翅膀
扮起鬼臉
學怎麼輕盈
關於時間的形狀
灰燼的方向
夜鷺不飛走多了
總會遇到你們

底下已是汪洋
豐饒纍纍
垂掛冰山一角
重回寒武紀
那些嗔痴愛欲

暮色黎明

終將誤點

而同歸

哭給你聽

1. 嫌疑者

開始從喉嚨拔出栓塞
隱隱傾瀉
饕餮爪印爬過臉龐
烙印幾條皺紋
純真而動人

聽說候鳥划過天空
病毒就會泛起漣漪
因為繁衍的意念
才會種出一次又一次
盤根交錯的陽光

你是如何成為一把鑰匙
在一扇沒有孔的門前
有聽到閉鎖的聲音
影子被踩痛的聲音
一宗密室殺人

線索在童話之前
推理哪邊有人嚎啕
我們不會輕易說出結局
緊緊抱著彼此不走
誰也懶得說再見

2. 復仇者

喜歡戴上耳機
讓聲濤漲過眉心
一首氾濫一首
一片泥濘的臉
只留住下唇可供吻別
正如你所看到
我拔去身上恥毛
成豪雨時的避雷針
閃電快於呻吟
雲朵被鞭笞瘀青

不確定電話響起
讓那頭熱鍋螞蟻

隨手回撥號碼
耳渦便黏在話筒融化
當靜脈接通動脈
還有什麼樣的捷徑
可傳達地獄
那麼多喉結突出
那麼多話柄被提起
以末班車速

3. 沉默者

一抹鴿群的立可白
天空因有重寫的可能
一片落葉翻身縱水
漣漪不容塗改

花容？失色？
之間如何換算？
一名婦人捧著一束嬰孩
在門前枯萎

你走在復仇者後面

沒有來者踐行

微風為此鋪上青草

野餐中有薄荷味

他們連續蓋起幾座廢墟

又將花園掛在其中

根朝上葉向下

非關光合作用

像是翻動年老照片

那手指接起流沙

也摸到骰子的邊緣

放下如擲出

4. 夜巡者

雙手合十

來我心中靜坐

你一邊咬破嘴唇
一灑遍地開花

誰在我夜裡盜汗
背上刷滿鹽漬

夢囈開始倒數
在離開羊群之處

無從分辨黑夜的性別
哪怕懷了月亮

你裸露肋骨絕食
宛如天使飽餐剃牙

連同經期序亂
玫瑰反嘔著乳汁

給街頭沖泡幾片影子
濃了整夜

而我們仍散步
拔河只胡扯了一半

是孩子放下繩索
空盪的鞦韆……

5. 縱火者

乾喉結繭
成體語言跳火解渴
縱火者仍是最後餘燼
壯大風景投在眼底縮影
其實有想作鬼臉的衝動
你以為是後現代絕症

日復一日負一日
像先知傳染著口吃
右手指引冷氣團南下
另一手等不及顫抖

鋒面高速穿牆而來
你未曾想要搭上一班
只是靜靜枯坐
靜靜讓淚過站不停
一旦作了異鄉客
便布滿彈痕

我仍是拴開耳朵
倒淋波爾酒香
在下一季腐臭前
排泄失禁的情節

宴會善男子

1. 寡婦的鼻子

星斗敲打過夜空
煙花散去了
仍是煙

你從階梯走下
古龍水在前導引
一簇雌百合
灑出微溫
於是我展開枝葉
任尋光源

只要日復一日
我便可將你唇
接上夫抽過的菸
一縷一圈
如灰鳥斂翅

你善於隱身人群
化為分子浮游
煽動我鼻翼
雲往雲來

最想告別的
是時光的腐味
我們一同舉杯
在各自酒香間

2. 女巫的口舌

伸出黑手套
妳喚肉欲垂滴
曖昧啃食彼此
連碎骨也不放過

不要清理餐桌
別擦拭酒漬
讓杯盤結蛛網
湯鍋熬出

上世紀的纏綿

鄰桌寡婦

只有鼻子是生的

他向妳邀舞

唇齒相依

用舌貝占卜

酸甜苦鹹

是否留下舞鞋

酒酣耳熟後

面對面

身是糜肉

心是果

3. 老嫗的耳朵

乳房乾癟

像掏空子的彌猴桃

她咳著咳著

嘔出嫩芽

一群無臉蛙
花園井底齊鳴
非要等到回聲
才被蛇捕去

聽春將誰叫綠
他打賞小費
她出冬藏的雙耳
蒐集兩名女子
爭風吃醋
一個潑酒自醉
另位脫鞋成觴

背負蝸殼
遠離暗處喧囂
她心顫一聲
如貓仔舔毛
風仍殘喘

4. 童女的眼睛

「小甜心
稚嫩臉龐
妳有權假哭
一滴圓淚
換一顆方糖」

「我要媽媽
紅色的媽媽」

「在妳眼前的不是戲
而是髮尾編出彩虹」

「我要媽媽
三角型的媽媽」

「要乖要聽話
叫聲 uncle
娃娃指月亮
塗個美滿家庭」

「我要媽媽
一個兩個三個……
都叫媽媽」

「迷途羔羊
閉上眼收束光
黑暗中來玩
捉迷藏」

5. 變性人肌膚

外皮吹彈可破
覆蓋體內海洋
暗伏黑潮
波濤洶湧

與女子共舞後
唇依然熱辣
那寡婦抽起菸來
纏繞臉龐
以童言童語

刺出女孩一抹笑
打賞老管家
催熟春綠

散場人群
雜沓在荒漠
順他們身軀而下
喉嚨劍突
似我移動的綠洲
古銅色胸膛
起伏我的松乳
凡不可告人的
點起一滴露
霪雨濛濛

越牆者日記
——曹尼的語言實驗

◎尉任之（文字與視覺藝術工作者）

在忠孝東路五段捷運市府站再次相見，詩人依舊掛著與前次分別時同樣的靦腆的微笑，問我是否已等了很久；詩人是從宜蘭上來的，東區是客運第一個停靠站，我們相約在最近的捷運出口碰面。

四月的午後欲雨，詩人穿著淺色的卡其褲，我們跨過兩個寬闊的十字路口，才在巷弄裡找到一間差堪人意的咖啡館。我不懂詩，但面對著味道已不復記憶的茶與咖啡，興味盎然地聽詩人談他的作品，並不時提出一些關於個人或關於創作的問題。

詩人叫曹志田，筆名曹尼，宜蘭三星鄉人，是一個月亮在摩羯座的射手座男孩（據說他們嚴肅、慎重的外表下潛藏著大量的敏感）。我虛長曹尼不了幾歲，但因為那一抹靦腆的微笑，我始終覺得他是一個青春洋溢的大男孩。

青春洋溢，也是初讀《越牆者》的第一個感想。

《越牆者》是曹尼第一本詩集，收錄他 2000 年到 2014 年的詩作。詩集並不編年，而是按不同時期的語言風格選編為

「雨鄉人」、「逃亡家族」、「著猴的人們」、「越牆者」、「宴會善男子」等五輯。

　　聽曹尼談這本詩集快三年，詩集的影印本放在手邊也已經兩年多了。翻閱《越牆者》的詩稿，前兩輯較為抒情，大部分是詩人研究所時期的作品，其中，輯一以自白的方式敘寫童年、家鄉和戀人，輯二從生活汲取靈感，在生活中得到共鳴，並嘗試用短句組成故事。輯三寫於詩人大學畢業到左營海軍服役（當艦艇兵的曹尼與曾為海軍艦長的詩人汪啟疆有著相同的海上經驗），再到回鄉任職這段期間，受劉克襄「不論你寫什麼，一定要有論述能力」所言啟發，因而嘗試在詩作中發展新的論述語言，不但融入冷幽默和個人私密的意象，如〈枯壽大師〉中「六根變頻清淨／冥想能省電／任何陰影都無塵／肉體才是溫室」或〈大演說家〉中「同步立體聲／言詞無色無味／誘捕來不及長大的信念」的詩句，也交雜西方文學和中國文學的典故及俚語、俗語、台語，如〈輕熟男〉中「皮鞋被火柴擦得發亮／如果在冬夜一個女孩／引燃精神的核爆／曇雲籠罩頭頂／能留下三千髮絲嗎？」。這三輯與輯四、輯五又有所區別，輯四是詩人最早期不同形式的實驗，譬如〈鳥籠〉和〈種種想不到〉散文詩的語法。輯五則是大型組詩，包括〈冥王的眼淚〉、〈在天堂遇見五條鬼〉這些比較社會批判的詩作，下筆不失機鋒，曹尼說：「當凝聚的共識變成一種不容噪音，並對噪音予以謾罵的主流意見時，主流的意識本身就成為一種思

想的暴力形式。」

　乍看之下，《越牆者》這本詩集像一次不同風格的聯展，毫不保留地將創作軌跡呈現在讀者面前，讓人覺得作者像個好奇的孩子，向一扇扇通往不同世界的窗戶跑去，然後在截然不同的窗景前佇足流連。

　那麼，他的風格是什麼呢？

　我想起遊走在抽象／具象繪畫不同風格以及雕塑／裝置多元創作的德國當代藝術家李希特（Gerhard Richter），不安於既定的路線，又在每種不同的風格、材質上有意識甚至可以說是精於計算地開拓出自己的語彙，數十年的創作生涯從點而線，線而面，繼而形成一個有機的整體。

　以李希特來與曹尼相比當然過於言重，我們更無法以第一本詩集來為一位創作道路仍相當長遠的詩人下定論。但是，在交談的過程中，可以感受到詩人多元的興趣與涉獵，從經典文學到流行文化，從寺山修司的電影到當前的台灣文學，從菁英品味到庶民生活……凡此種種，都是他的養分，但他不用後現代的拼貼手法將這些元素並列，而是孜孜屹屹地將它們打散再融合成一種新語言。雖然偶爾顯得突兀、跳躍，為了達到新語境甚至放棄美文的經營，這樣的實驗卻構成一種雜糅的音樂性，一種多聲道並行的音響效果。如果說，「反抒情的抒情」帶給詩作一個現代的面貌，它將是一條尚可不斷錘鍊、繼續開發的創作之路。

知道詩人在東華大學研究所修讀文學創作，並以詩作〈同名歸途──載蔣渭水返鄉〉獲得聯合報文學獎的新詩獎已經好幾年了，但我後來才知道，日常生活中詩人在中學擔任公民老師。

　　在我的刻板印象中，大學公訓系畢業的背景與詩是很難兜在一起的，但詩人卻恬然地告訴我，今天的公民教育已不似過往以三民主義為主體的僵化，內容不但觸及心理、法律、政治、文化、經濟，也必須傳授公民與社會意識，與他詩人的身分沒有衝突，甚至開闊了他關心的面向。

　　《越牆者》這本詩集的標題幾經修改，從《掘墳者》、《達人》，又回到《越牆者》這個初期考慮的題目。這是令人欣喜的。因為掘墳者的意象雖然清晰，存在主義灰暗的意味容或吻合詩人某個時期的創作，卻無法涵蓋整部詩集的實驗性以及多元的詩風。相反地，越牆者包含的「跨越」這個意象，不僅象徵了生命慘綠時代苦悶的吶喊與詰問，更反映出詩人對「詩」這個文體所能表達的跨度的擴張的意圖。

　　《越牆者》是曹尼的生命日記，且讓我們以喜悅的心情祝福它的問世。

國家圖書館出版品預行編目（CIP）資料

越牆者 / 曹尼著 . -- 初版 . -- 新北市：斑馬線，
　2016.10
　面；　公分

　ISBN 978-986-93375-6-4 (平裝)

851.486　　　　　　　　　　　　105017229

越牆者

作　　　者：曹尼
編　　　輯：施榮華
封面設計：Poetry Atelier ／驚驚

發 行 人：洪錫麟
社　　　長：張仰賢
製　　　作：角立有限公司
出 版 者：斑馬線文庫有限公司

總 經 銷：楨德圖書事業有限公司
地　　　址：新北市新店區寶興路 45 巷 6 弄 7 號 5 樓
電　　　話：02-8919-3369
傳　　　真：02-8914-5524

製版印刷：龍虎電腦排版股份有限公司
出版日期：2016 年 10 月
I S B N：978-986-93375-6-4
定　　　價：280 元